Renate Sültz & Uwe H. Sültz

ATOMENERGIE

DAS UNHEIL KAM AUS DER VERGANGENHEIT

12 ÖKO-SCIENCE-FICTION-KURZGESCHICHTEN

BoD-Verlag

Norderstedt

2016

Bibliografische Information durch die
Deutsche Nationalbibliothek

Die Deutsche Nationalbibliothek
verzeichnet diese Publikation in der
Deutschen Nationalbibliografie; detaillierte
bibliografische Daten sind im Internet über
http://dnb.dnb.de abrufbar.

© 2016 Renate Sültz & Uwe H. Sültz

Herstellung und Verlag: BoD – Books on
Demand, Norderstedt

ISBN 9-78374-1-26623-2

Inhalt:

Seite 7: Atomenergie – Das Unheil kam aus der Vergangenheit

Seite 15: Der Zug nach Nirgendwo

Seite 25: Das Jahr 3166

Seite 29: Ein Gruß aus dem Nichts

Seite 32: Nano – Lebewesen aus dem All

Seite 37: Sehnsucht nach Zweisamkeit

Seite 42: Sirius 12

Seite 48: Hoka Hey

Seite 52: Terror

Seite 57: Verloren im Universum

Seite 63: Das Auge

Seite 68: Das Unheil kam aus dem Labor

Atomenergie – Das Unheil kam aus der Vergangenheit

Im Jahr 2088 waren die Menschen überglücklich, dass die Atomkraft endlich sicher und friedlich genutzt werden konnte. Es gab einige Jahre der Zurückhaltung, denn die Menschheit lebte lange über ihre Verhältnisse. Fast 100 Jahre dauerte der Ressourcen-Hunger nach Reichtum und Luxus. Die Erde konnte den Verbrauch nicht mehr regenerieren. Wissenschaftler arbeiteten ab dem Jahr 2020 intensiv an einer sicheren Nutzung der Atomkraft. Die Wälder, Gas- und Ölvorkommen sollten nicht weiter abgebaut werden. Und die Meere und Flüsse durften nicht weiter Müllhalden sein. Man könnte hier noch viel mehr Baustellen erwähnen, es geht aber um die Atomkraft. Genauer gesagt, um den Atommüll. Dieser radioaktive Abfall beträgt mehrere hunderttausend Tonnen. Wohin damit? Es sind nicht nur abgebrannte Brennelemente, es sind auch kontaminierte

Werkzeuge, Bauschutt, selbst Arbeitskleidung und Putzlappen fallen an.

Langsam schafften es die Wissenschaftler und bekamen die Atomenergie und die Kernspaltung in den Griff. Am Anfang sorgten noch viele Sensoren und eine riesige Computerleistung für Sicherheit. Menschliches Versagen wurde praktisch ausgeschaltet. Als im Jahr 2076 die ersten sicheren Atomreaktoren eingeschaltet wurden, arbeiteten Wissenschaftler bereits an einer privaten Nutzung der Kernenergie. Zügig schritt man voran. Gekapselte Stromversorgungselemente trieben nun die Fahrzeuge an. Das Rad war immer noch die Vorbewegung schlechthin. In den Haushalten wurde mit diesen gekapselten Stromversorgungselementen Wärme und Licht erzeugt und gekocht. Das Tief der Menschheit schien überwunden. Nur, wohin mit den Abfällen? Die Herstellung der Stromversorgungselemente wurde weit unter der Meeresoberfläche von automatisierten Robotern übernommen.

Völlig saubere und frische Stromversorgungselemente verließen diese Unterwasserfabriken. In diesen Stromversorgungselementen arbeitete die Kernspaltung.

Der nächste Schritt waren Raketen, die sicher mit der Kernspaltung angetrieben wurden. 2086 startete die erste mit Kernenergie angetriebene Rakete SOL 1. Sie trug leere Container in ihrem Lagerraum in den Weltraum. Der Schub der SOL 1 war enorm. Alles auf Basis dieser Stromversorgungselemente. Keine Tanks, die explodieren können, ein neues Material für die Außenhaut. Kernenergie war von nun an das Zauberwort im Jahr 2086. In Windeseile wurden Raketen und Container gebaut. Die Raketen waren ab der zweiten Baustufe wiederverwendbar, hierzu später mehr. Und so startete die SOL A1 mit dem ersten riesigen Container, gefüllt mit radioaktivem Abfall, in Richtung Sonne. Das war die einzige Möglichkeit, die vielen

100.000 Tonnen Abfälle zu entsorgen; und zwar endgültig.

Die SOL A1 wurde zunächst auf eine Erdumlaufbahn geschickt. Danach warteten die Ingenieure den genauen Zeitpunkt ab, um die SOL A 1 auf die Umlaufbahn um die Sonne zu starten. Nun drehte sich die Erde um die Sonne und die SOL A1 entgegen der Erde um die Sonne. Das Raketenraumschiff bewegt sich nun ebenfalls etwa 100.000 Kilometer pro Stunde um die Sonne. Manöverdüsen versetzen das Raumschiff nun schräg versetzt zur Sonne gerichtet. Um die hohe Seitwärtsbewegung zu überwinden, starten nun alle Antriebseinheiten der SOL A1. Sie verlässt nun die Umlaufbahn und fliegt der Sonne entgegen. Bis 2088 starteten täglich 10 Raumschiffe, vollgepackt mit radioaktivem Abfall, in Richtung Sonne. Die Erde wurde langsam sauber.

Die Menschheit fühlte sich nun sehr sicher. Die Raketenstarts waren fortan Routine. Die Aufschläge auf der Sonne wurden von

Computern überwacht. Das Leben auf der Erde begann wieder luxuriöser zu werden. Aber die Erde erwärmte sich wieder. Es gab zwar keine Abgase mehr, aber Wärme eben. Das nächste Thema, um das sich die Wissenschaftler kümmern müssen, denn wie bereits um 2000 herum, will keiner auf Annehmlichkeiten verzichten. Mit einem weiteren Thema musste man sich 2088 noch beschäftigen, das war der Asteroid Gohr, der am 11. Dezember zwischen Sonne und Erde fliegen würde. Nicht tragisch, die Erde wird er nicht treffen, aber es könnte zu einer Störung der Raketen kommen. Um im Zeitplan zu bleiben, verschob man einfach drei Raketenstarts. Alles schien am 12. Dezember als erledigt anzusehen. Die beiden folgenden Raketen flogen jedoch durch feine Partikel, die der Asteroid auf seiner Flugbahn hinterließ. Sie waren vom Stützpunkt der Erde aus nicht zu erkennen. Diese etwa zwei Zentimeter kleinen Objekte prallten bei voller Geschwindigkeit auf die Raumschiffe SOL A7 und SOL D30. Nichts wurde im Stützpunkt bemerkt. Lediglich um

0,04 Grad verschob sich der Kurs beider Raketen. Scheinbar nichts Schlimmes, denn kein Alarmsystem reagierte.

Im Jahr 2103 war die Erde sauber. Jeglicher Atommüll war beseitigt. Bislang kam es zu keinem Ausfall oder Unfall. Selbst die Wärmestrahlung, die durch Kernenergie entstand, wurde wieder in Rückgewinnungsenergie umgewandelt. Es schien alles so wunderbar. „Schaut euch einmal das Objekt auf dem Kontrollmonitor an, Leute.", sagte Ingenieur Jeff Miller. „Vergrößere einmal das Bild und schärfe nach.", so der leitende Ingenieur Stan Gohrman. „Es sieht aus wie eines unserer Raumschiffe, kontrollieren wir die Start- und Landelisten." Alles schien völlig in Ordnung. Und doch war es tatsächlich ein Container-Raumschiff. Tage später wurde ein zweites Schiff entdeckt. „Es handelt sich um die Raumschiffe SOL A7 und SOL D30. Sie befinden sich auf der gleichen Umlaufbahn um die Sonne wie die Erde. In etwa 250 Tagen kommt es zur Kollision mit uns.", berechnete Jeff Miller.

Was ist passiert? Ab der zweiten Baustufe der Raketen 2087, schaffte man die Container in die Erdumlaufbahn, dann dockten bis zu 20 Container aneinander an. Einmalraketen flogen die Container dann in Richtung Sonne, wo alles verglühte. SOL A 7 und SOL D30 kamen 2088 ja nur ganz leicht vom Kurs ab. Sie schwenkten nicht in Richtung Sonne, sondern auf die Erdumlaufbahn um die Sonne ein. Nun war der Treibstoff verbraucht, jetzt bewegten sich die Raumschiffe und die Erde aufeinander zu. 250 Tage hatten die Wissenschaftler nun Zeit, dieses Problem zu beheben. „Wir starten unser Raumschiff PRO 1000. Die beiden Container-Raumschiffe müssen vernichtet werden.", so Professor Arthur Hugh. Sofort machte sich das Raumschiff startklar. Es wurde für Mars-Missionen eingesetzt, hatte eine Laser-Kanone eingebaut, um Gestein abzutragen oder Asteroiden zu vernichten.

Nach fast 70 Tagen war die PRO 1000 in Schussweite. Immer wieder wurden die Container der SOL A7 und SOL D30 getroffen. Die Container-Kette brach auseinander. Einige explodierten. Andere flögen auf das Raumschiff PRO 1000 zu, wieder andere flogen in den weiten Weltraum und ein Container blieb auf der Umlaufbahn. Die PRO 1000 kollidierte mit einem Container und konnte den Laser nicht mehr einsetzen...

„Wir schreiben das Jahr 2014. Heute ist der 6. Mai. Es herrscht ein riesiges Chaos auf der Erde. Vor 2 Monaten wurde die Menschheit über den fehlgeschlagenen Versuch informiert, die Container mit dem radioaktiven Abfall zu vernichten. Ich sitze hier mit zwei Kollegen und unseren Familien im Kontrollzentrum K4 und erwarte den Einschlag eines Containers. Es wird eine schmutzige Bombe, aber wir können es nicht verhindern. Arthur Hugh Ende."

Der Zug nach Nirgendwo

Endlich kam er, der lang ersehnte Zug. Sie stiegen alle ein. Urlauber, Pendler, Berufstätige und andere Fahrgäste. Langsam kam er in Gang, der ICE. Dass er sein Ziel niemals erreichen würde, ahnte zu diesem Zeitpunkt noch niemand.

Erich Braun, ein herzkranker Rentner 75, saß mit Helga Steiger, Angestellte in einem Großkonzern, zusammen.

Beide kamen aus Frankfurt und wollten in Italien ein wenig Urlaub machen. Dann waren da noch Gabi Klein, 19, Studentin der Medizin. Sie wollte Kinderärztin werden. Und Manfred Holten, Polizist im Ruhestand, 80 Jahre, er schwärmte immer noch von seinem Beruf. Er hatte mit großer Leidenschaft seinen Job ausgeübt. Es sollte ein Verwandtenbesuch werden. Andere Fahrgäste fuhren aus unterschiedlichen Gründen mit. Der Schaffner des Zugs war ein etwa 25 Jahre alter Familienvater, der sich jedes Mal ungern von seiner Familie trennte, bevor er eine so lange Bahnfahrt antrat. Ablösung gab es nicht. Nur er war für diesen ICE verantwortlich. In angemessener Schnelligkeit fuhr der Zug durch die Lande. Die Fahrgäste waren bester Stimmung und nichts deutete darauf hin, dass der Zug sein Ziel vielleicht nie erreichen würde. Das Leben der Menschen, die hier auf die Reise gingen, sollte sich grundlegend ändern. Erich Braun trug einen Herzschrittmacher. Ohne diesen wäre ein Leben für ihn nicht mehr denkbar. Er nahm wieder intensiv am Leben teil, seit er ihn trug. Aber etwas stimmte nicht. Er wurde plötzlich furchtbar müde und merkte, dass sich sein Herzschlag verlangsamte. „Unmöglich", dachte er. Um seinen Blutdruck zu messen, nahm er immer ein Messgerät mit. Sein Blutdruck war extrem gesunken. Normalerweise hätte er schon tot sein müssen. Noch ehe er diesen Gedanken zu Ende denken konnte, fiel er in einen Tiefschlaf. Helga Steiger war als Angestellte eines Großkonzerns und immer noch mit ihren Gedanken im Büro. Ein wichtiger Auftrag war zu bearbeiten und sie versprach, den noch im Urlaub zu bearbeiten. Schließlich war sie die rechte Hand vom Chef und wollte ihn nicht enttäuschen. Auch sie viel in einen Tiefschlaf. Manfred Holten war es, als alter Hase im Polizeidienst, gewohnt, lange wach zu bleiben und konnte gut gegen die Müdigkeit ankämpfen. Die Jüngste im Zug war Gabi Klein mit ihren 19 Jahren. Auch sie ist sehr schnell eingeschlafen. „Eigenartig", dachte Holten, „ alle hier im Zug fallen fast gleichzeitig in einen Tiefschlaf. Da kann doch etwas nicht mit rechten Dingen zugehen."

Auch der Schaffner hatte Schwierigkeiten, sich auf die Zugfahrt zu konzentrieren. Er trank einen Kaffee nach dem anderen, um sich wach zu halten. Bald musste eine Weiche kommen, die den Zug umleiten würde. Er musste aufpassen, denn er hatte Verantwortung für die Insassen des Zuges zu tragen. Frank Seifert konnte immer schlechter seine Augen offen halten. Nun war auch er eingeschlafen. Der Zug fuhr allein, wie von Geisterhand gesteuert. Manfred Holten überkam eine panische Angst. Er lief nach vorne, um nachzusehen. Alle schliefen fest, nur er eben nicht. Er bemerkte, dass nun auch noch der Zugführer schlief. Was war nur hier los? Er versuchte sich ans Steuer des ICE zu setzen. Der Zug entwickelte ein Höllentempo. Irgendwas drückte ihn dermaßen stark nach hinten. Eine Kraft, die unbeschreiblich war. Er hatte keine Möglichkeit in das eigenartige Geschehen einzugreifen. Schockiert und mit angstvoll geweiteten Augen ging er wieder zurück auf seinen Platz. Plötzlich hatte er kein Zeitgefühl mehr. Seine Gedanken waren total wirr. Er wusste nicht mehr, dass er mit der Bahn fuhr, geschweige denn, wer er war. Frank Seifert wurde wach. Was war geschehen? Alles war ruhig. Totenstille im Zug. Ihm war übel. Seine Armbanduhr und die Zug-Uhren standen still. Frank schaute hinaus und musst mit Schrecken feststellen, dass sich dieser Zug nicht dort befand, wo er hätte sein müssen. Jetzt war eigenartigerweise das Tempo gedrosselt. Der ICE schwebte förmlich über die Gleise. Die Vegetation war nicht die, die er kannte. Die Bäume standen in leuchtenden Farben da. Büsche mit berauschend rot farbigen Früchten und Blüten… so hoch… wie die höchste ausgewachsenen Tanne, die er normalerweise von seinem Heimatplaneten kannte. Seine Sinne spielten immer noch verrückt. Er befand sich in einem Zustand der Willenlosigkeit und Verblendung. Mittlerweile erwachten die Fahrgäste, einer nach dem anderen. Manfred Holten, ehemaliger Polizist, war der Einzige, der ganz klar denken konnte. „Was ging hier vor sich?" Immer wieder stellte er sich die gleiche Frage. Wieder fuhr der Zug mit einer sehr hohen Geschwindigkeit. Aber das Gefühl blieb, dass sie in Wahrheit nur ein kleines Stück weiter gekommen sind. Und er sollte Recht behalten.

Keiner der Insassen nahm mehr war, was geschah. Mit starren Augen stierten sie vor sich hin, als wären sie in eine andere Dimension eingetaucht. Die Panik erfasste Manfred Holten. Als ehemaliger Polizist verspürte er den Drang zu retten, was zu retten war. Die Disziplin, die er besaß, hinderte ihn daran zu verzweifeln. Was sollte er nur tun? Offensichtlich ging hier etwas schier Unbegreifliches vor sich. Wenig später hielt der Zug abrupt an. Frank Seifert kam aufgebracht ins Abteil und wollte sich nach den Fahrgästen erkundigen. Aber alles war still. Keiner sagte einen Ton. Er und Holten mussten jetzt versuchen aus dieser Situation wieder herauszukommen. Alles erschien ihnen sinnlos, unbegreiflich und unwirklich. Die anderen Fahrgäste waren immer noch in ihrer Starre gefangen. Eine äußerst eigenartige Vegetation war zu sehen. Das konnte es einfach nicht geben. „Wo sind wir, Frank?", rief Manfred. „Ich kann es dir nicht sagen, habe panische Angst, ich kann dir nicht sagen, wie groß sie ist." „Mir geht es genauso.", sagte Frank Seifert. Wieder langsamer, fast schon gespenstisch

langsam, fast schwebend, ging die Fahrt weiter. Doch in Wirklichkeit bewegte er sich keinen Millimeter von der Stelle.
Anscheinend sollten die Insassen nur dieses Gefühl bekommen. Aber wer war dafür verantwortlich? Was oder wer waren sie? Und warum das Ganze? Frank sagte: „Wenn wir jemals wieder nach Hause kommen sollten, kein Mensch wird uns diese Geschichte glauben." Manfred Holten und Frank Seifert waren die Einzigen, die noch realisieren konnten, was um sie herum geschah. Alle Uhren funktionierten wieder. Als sie vom Frankfurter Hauptbahnhof abfuhren war es 20 Uhr. Es waren jedoch nur 10 Minuten vergangen. Wie konnte das möglich sein? Nachdem was sich hier ereignet hatte und nach ihrem Gefühl mussten eigentlich mehrere Stunden vergangen sein. Ruckartig stand der Zug still. Plötzlich ging die Tür des Zuges auf. Ein hochgewachsener Mann, oder besser gesagt ein Wesen, betrat das Abteil. Er oder sie hatte keine Haare. Nein, der Ausdruck des Gesichts war nichtssagend. Ein großes

Auge war vorhanden, das sich in der Mitte des Gesichtes befand. Statt der Nase war ein Loch zu sehen. Einen Mund und Ohren besaß dieses Wesen nicht. Dafür konnte es auf telepathischer Ebene mit den Männern Verbindung aufnehmen. „Ihr habt einen Zeitsprung in eine andere Dimension gemacht. Eine Welt, in der es eigentlich alles gibt, doch etwas Wichtiges fehlt noch... sonst können wir nicht auf Dauer existieren. Die Emotionen fehlen uns. Wir haben keine Gefühle. Wir wollen wissen wie man Liebe empfindet. Die Gefühle dieser Menschen hier im Zug, haben wir abgespeichert. Wir werden sie genau untersuchen. Wenn wir dies getan haben, lassen wir euch wieder weiterfahren. Ihr werdet wieder klar denken können und euch an nichts mehr erinnern. Ja, es wird für euch schwer zu verstehen sein. Auch wenn wir in der Entwicklung viel weiter sind als ihr hier auf der Erde, so fehlt uns doch etwas ganz wichtiges. Die Gefühle und die Liebe würden uns ein weiterleben in Glück und Zufriedenheit garantieren. Wir haben gemerkt, dass ihr durch diese Eigenschaften zu ganz anderen Dingen fähig seid. Die Lebewesen auf unserem Planeten gehen stur aneinander vorbei, können nicht weinen und nicht lachen." Seifert unterbrach ihn und stellte eine Frage: „Aber wie wollt ihr Gedanken und Gefühle untersuchen?" Der Außerirdische antwortete: „Wir können sie auf spezielle Datenträger abspeichern. Sie sind dann Mehrdimensional sichtbar. Das ist für uns eine Kleinigkeit. Wir können Gedanken und Gefühle sichtbar machen. Mit unseren Fähigkeiten, unserem Wissen und unserer Technik ist eigentlich alles möglich. Doch wie gesagt, es fehlt etwas Wesentliches. Wir hoffen, diese besonderen Eigenschaften, die euch auszeichnen, auch zu bekommen. Wir haben nun genug Material gesammelt." Dann ging er, ohne ein weiteres Wort zu sagen. Langsam setzte sich der Zug in Bewegung und fuhr gemächlich seinem ursprünglichen Ziel entgegen. Nach und nach wurden alle Fahrgäste wach. Niemand konnte sich an die Vorfälle im Zug erinnern. Eine ganz normale Zugfahrt ging weiter, als wenn nie etwas vorgefallen wäre.

Die Zugfahrt in eine andere Dimension war zu Ende.

Das Jahr 3166 – Heimkehr der Menschheit

Sie sind schon lange unter uns und im Laufe der Jahrhunderte glichen sie sich immer weiter an. Heute sehen alle so aus wie wir. Die Alora! Die Alora sind auf dem Planet G 7 B 97 beheimatet, sie nennen ihn Groda. Groda bedeutet „Geliebte Heimat". Die Alora sind ein sehr fortschrittliches Volk. Da ihr Planet viel eher für Leben entwickelt war, sind sie den Menschen auf der Erde überlegen. „Non schtock tui!", schrie der Raumschiff-Pilot, was so viel bedeutet wie: „Wir stürzen ab!" Das Raumschiff landete mit letzter Kraft in Ost-Afrika. Warum das Raumschiff im Jahr 1165 abstürzte, blieb ein Geheimnis. Es war eines der modernsten Raumschiffe mit Zetron-Energie, wir kennen es als „Dunkle Energie". Für die 241 Lichtjahre benötigte das Raumschiff gerade einmal 436 Stunden und 32 Minuten nach Erdberechnung. Die Besatzung bestand aus 62 Mitgliedern. Sofort begannen sie mit dem Aufbau des Teleportations-Apparates. Etwa 4.000 Alora warteten auf ihrem

Planeten, um die Erde zu besuchen und dort zu leben. Auf keinen Fall waren die Alora ein egoistisches Volk, im Gegenteil, sie wollten teilen und den Weltraum zu einer großen Familie machen. Frühzeitig entwickelten sie eine Art Kopfbedeckung mit Sensoren, Sendern und Empfängern. So kommunizierten sie untereinander ohne gesprochene Worte. Ihre Gehirne veränderten sich mit der Zeit, sodass es auch ohne diese Kopfbedeckung klappte. Aber für die Menschen auf ihrem Gastplaneten Erde, brachten sie 10.000 von diesen „Mützen" mit. Ein automatischer Sprachen-Wandler, der auf Basis von Gefühlen arbeitete, war integriert. Die Alora zogen von Afrika aus in die ganze Welt. Sie vermehrten sich und ihre Nachkommen glichen immer mehr den Menschen auf der Erde. Bereits 300 Jahre später konnte man nicht mehr unterscheiden, wer mit wem, denn die Liebe brachte viele Menschen und Alora zusammen. Auch die Kommunikation ohne gesprochenes Wort verfeinerte sich. Während sich auf diese Art und Weise auf der Erde eine neue Gattung entwickelte, wurden auf dem Planet Groda die Teleportation und der Kälte-Schlaf weiterentwickelt. Man konnte auf der Erde mit den vorhandenen 10.000 Mützen kommunizieren. Die Gehirne wurden von Generation zu Generation angepasst, so dass eine direkte Kommunikation möglich war. Menschen und Alora lebten in Harmonie auf der Erde zusammen. Zumindest die Menschen, die Frieden suchten. Sie hielten sich fern von den Unruhen und Kriegen auf diesem wunderschönen Planeten. Jedoch wurde im Zweiten Weltkrieg, 1942, der Teleportations-Apparat zerstört, da man das Gerät für eine Bombe hielt. Die Apparatur sendete als letztes Signal die Worte „Krodelling … Krodelling …" Die bedeuteten Evakuierung. Menschen und Alora hatten mittlerweile den Plan, dass sie auf den wunderschönen Planeten Erde zurückkommen wollten. Vom Planet Groda aus, wurde dies organisiert. Es dauerte gerade einmal achtzehn Stunden und alle

Menschen, alle Alora und deren Nachkömmlinge, wurden auf den Planet Groda gebracht und in einen Tiefschlaf versetzt.

Wir schreiben das Jahr 3166 auf der Erde. Die Menschheit ist vernichtet. Über zwanzig schwere Kriege überlebte niemand. Die Bewohner des Planeten Groda mussten alles mit ansehen. Nun wurden Menschen und Alora wieder zur Erde gebracht. Mit Werkzeugen ausgerüstet erschufen sie eine neue „alte Heimat".

Ein Gruß aus dem Nichts

Hannelores Tagebuch:

„Ach, was soll ich sagen, seit 45 Jahren beobachte ich den Himmel. Jetzt werden langsam meine Augen schwach. Alle in der Familie habe ich mit diesem Virus angesteckt. Ist da etwas? Werden wir beobachtet? Sind wir alleine im Weltall? Jetzt möchte ich langsam meine Station hier in Bayern schließen. Morgen um 5 Uhr in der Frühe, kurz vor Sonnenuntergang, möchte ich noch einer eigenartigen Erscheinung nachgehen. Gute Nacht."

Um 5 Uhr saß Hannelore wieder vor ihrem Teleskop. Ihr Mann schlief noch und die Kinder waren schon aus dem Haus gezogen. Da war er wieder. Ein kurzer, heller Lichtpunkt. Gut, das Flackern kommt durch die Atmosphäre, aber das Licht war vor einiger Zeit noch nicht zu sehen. Vor 40 Jahren schon gar nicht. Hannelore hatte immer gute Gedanken. Ob das der Schlüssel zu den weiteren Ereignissen war? Sie schaute durch das Fernrohr, das Licht kam dicht auf sie zu. Plötzlich berührte sie jemand an der Schulter. War es ihr Mann? Nein, es war ein Lichtwesen. Eine schwebende, kugelförmige Form in vielen Farben im Inneren. Hannelore erschrak, nicht unbedingt solch eine Begegnung hatte sie sich gewünscht. Gut, vielleicht in anderer Form, sie hätte dann gerne einen Kaffee angeboten. Gerade wollte Hannelore eine Frage stellen. Soweit kam es einfach nicht. Da war die Antwort schon in ihrem Kopf. Auch weitere Fragen, wurden geklärt.

„Wir kommen vom äußeren Kreis des Universums. Wir existieren am längsten im Universum. Neid, Kriege und Eifersucht, das haben wir alles überwunden. Wir kommen und gehen durch die Schwarzen Löcher. Wir sind eine untrennbare Energie, jeder von uns. Wir kommen aus der anderen, besseren Dimension. Wir benötigen nur wenige Schritte zu euch und anderen

Lebewesen. Wir bewegen uns mit Bega. Das ist sozusagen die Hier und Sofort-Geschwindigkeit. Wir sind zu dir gekommen, um dir zu sagen, es gibt Wichtigeres als Geld, Macht, Eifersucht und Kriege. Komm' einmal mit uns, wir zeigen dir den Kosmos. Entstehende Sonnen, riesige Sternhaufen, gewaltige bunte Wolken. Glaub uns, es ist faszinierend. Du bist unter Freunden, alle Fragen werden beantwortet. Du erkennst die wahre Liebe und Wärme."

Hannelore überlegte nicht lange, weckte ihren Mann. Schrieb eine Nachricht und legte den Brief auf den Tisch.

„Ihr lieben, wir sind unterwegs, wartet nicht mit dem Essen auf uns. Wir melden uns irgendwann und sind immer bei euch. In Liebe, Eure Eltern."

Nano-Lebewesen aus dem All

Es war ein verregneter Tag in Schottland. Für die Dorfbewohner wieder typisch. Ausgerechnet heute würde die Trauung von Cindy und Jack vollzogen, und nun dieser Regen, einfach typisch! Das ganze Dorf feierte mit, die Vorbereitungen liefen auf Hochtouren, alles fand im Freien statt. Der erste Regen war vorbei, die Wolke kreiste um das Dorf herum. „Erste Gratulanten aus dem Himmel!", flachste der Vater der Braut. Die Arbeiten gingen weiter. „Hauptsache keinen Regen mehr, sonst hätten wir auch ins Schwimmbad gehen können!" „Der Pfarrer ist Nichtschwimmer!" Die Bewohner lachten lauthals. „Klar, unter der Kutte trägt er einen Taucheranzug!"

18 Uhr: „Ja, ich will!", sagte die Braut. Die Wolke wurde wieder dunkler, aber kein Wind kam auf. 20 Uhr: Die Party war in vollem Gange. Auf dem Hof der McDans wurde gefeiert. Es wurde getanzt, sogar Dudelsack-Jimmy gab sein Bestes. 22 Uhr 10: Es tröpfelt. „Eigenartig, bei so einer

Wolke müsste es gießen!", sagte ein Musiker. „Tröpfeln geht, nur nicht mehr, sonst müssen die Musikinstrumente ins Haus gebracht werden!" Bis in den frühen Morgen wurde gefeiert, das Tröpfeln fiel gar nicht so ins Gewicht. Die Dorfbewohner schliefen am Sonntag den Rausch aus. Keine Menschenseele war weit und breit zu sehen. Aber am Montag war die Hölle los, zumindest beim Dorfarzt. Alle klagten über rote Kopfhaut, über Ausschlag auf dem Kopf, über Haarausfall. Auch die Apotheke war gut besucht. Es juckte und brannte. Einige Männer ertranken ihren Kummer im Whiskey. Andere Dorfbewohner legten sich früh schlafen. Am nächsten Morgen war der Spuk vorbei, alles war wieder völlig normal. Die Dorfbewohner gingen wieder ihrer täglichen Arbeit nach. Und trotzdem war etwas verändert. Sie trugen Hacken, Schippen und Spaten zusammen. Alles legten sie auf das Feld der Mc Dans. Andere brachten Schubkarren, die Dorfpolizei sperrte die Durchfahrt für den Verkehr.

Obwohl hier nur alle drei Tage jemand durchkam.

Unweit des Anwesens gab es eines der Löcher, einen sehr tiefen Meeresarm zum Ozean. Hier begannen Dorfbewohner einen Graben zu schaufeln. Immer mehr Dorfbewohner arbeiteten auf dem Anwesen. Boden wurde abtransportiert, Steine weggetragen. Die Tage vergingen und es entstand langsam ein kreisrundes Loch mit etwa sechzig Meter Durchmesser. Immer tiefer gruben sie. Nun arbeiteten sie Tag und Nacht. Dorfbewohner, die nicht auf der Feier waren, wurden mit einem Wassersprüher besprüht. Dies taten die Kinder. „Warte Bürschchen, wenn ich dich zu fassen bekomme!", sagte ein Großvater. Auch er grub am nächsten Morgen mit den anderen. In etwa vier Metern Tiefe stießen die Dorfbewohner auf einen metallischen Gegenstand, der wie ein riesiges Dach aussah. Der Bräutigam trat aus der Masse hervor und rief: „Normenko Negock Tutschok!" Die Dorfbewohner stießen einen lauten hellen Schrei aus und wiederholten: „Normenko Negock Tutschok!" Strahlen kamen aus dem Loch. Ein Brummen begann. Langsam öffnete sich das unter der Erde liegende Dach. Wie ein riesiges Schwimmbecken hob sich alles in die Höhe. Drei Meter über dem Erdboden stoppte die Aktion. Es begann zu regnen, die große schwarze Wolke stand wieder über dem Feld. Eine Luke öffnete sich am Becken, Wasser, nichts als Wasser, floss in den Graben über den Meeresarm in den Ozean. Die Dorfbewohner standen zwölf Stunden ganz still und murmelten weiter: „Normeko Negock Tutschok!" Das Wasser war aus dem Becken gelaufen, das Dach verschloss sich wieder. Weiterer Boden brach um das Becken ein, es kam ein Raumschiff hervor. Das hob langsam ab und bewegte sich in die Regenwolke hinein. Wer ganz genau schaute, sah in der Regenwolke ein größeres Raumschiff – das Mutterschiff. Die Braut versammelte alle Dorfbewohner um sich herum, ihr Brautkleid trug sie noch, es war voller Lehm und Schmutz, es war völlig eingerissen. Nun sprach sie: „Normenko Negock Tutschwir … wir … wir … wir müssen die Sprache annehmen, damit wir nicht erkannt werden. Vor 500.000 Jahren landeten unsere Vorfahren an dieser Stelle. Ihr wisst, dass unser Planet von uns selbst verseucht wurde. Das letzte Wasser konservierte unsere Brüder und Schwestern, die nun in den Meeren dieses Planeten wieder zu leben beginnen. Bei jedem Kontakt mit den Menschen übernehmen wir sie. Über die Trinkwasserversorgung oder aber auch über die Regenwolken. Mit unserer kleinen Nano-Größe dringen wir über die Haut oder Blutbahnen ein. Nun geht eure Wege weiter. In etwa zwei Jahren ist die Aktion abgeschlossen!" Und für die Menschen begann das Unheil!

Sehnsucht nach Zweisamkeit

„Was hast du heute Gutes in der Redaktion erlebt?", fragte Jeff seine Frau Lisa abends. „Wenn ich das alles sage, war es das mit unseren zärtlichen Stunden heute Abend." Lisa lachte und bereitete das Abendessen, während Jeff den Wein öffnete. Es war das Jahr 2116. Jeff arbeitete in einem Labor für sehr dünne, aber dennoch hochstabile Kunststoffe. In allen Formen, Farben und Gewichten gab es diese Kunststoffe bereits. Nun verfolgte man das Ziel, diese Kunststoffe im Weltraum einzusetzen. Alle Fahrzeuge waren bereits aus Kunststoff. Knutschkugeln nennt Jeff sie liebevoll. Straßen und Fahrzeuge waren mit einem abstoßenden Magnetfeld ausgestattet, so gab es keine Reibung, das Fahrzeug schwebte vor- und rückwärts. Vor einhundert Jahren gab es noch schwere Geländewagen, heute schützte man die Natur. Eine Fortbewegung gab es nur auf festgelegten Strecken, aber Fahrräder gab es noch, natürlich aus Kunststoff, hoch stabil und sehr leicht. Lisa arbeitete in einer Redaktion, sie war sehr oft gestresst. Täglich waren unendlich viele Informationen zu bewältigen. Es waren im Jahr 2116 wichtige Infos, seit einigen Jahren hatten die Menschen doch erkannt, dass Qualität wichtiger als Quantität war. Auch gab es keine Sensationslust mehr, Wissen war wichtig, nur keine Zeit zu verschwenden war angesagt. Jack Renforce hatte einen neuen Superspeicher entwickelt, das war wichtig; und nicht, dass Sängerin Mink ein tiefes Dekolleté hatte. Die Zeit, während der Lisa und Jeff etwas miteinander unternahmen, war ihnen heilig und kostbar. Es ging oft an den Strand – einfach Nichtstun, etwas Beach-Volleyball. Auch gab es herrliche Verwöhn-Zentren in der City; Massagen und Meditationen waren hier angesagt. Leider begann der folgende Tag immer im Stress, denn alle neuen Informationen mussten verarbeitet werden. Nicht nur Lisa, auch Jeffs Kollegen überschütteten Jeff mit neuen Erkenntnissen, die die Supercomputer ausspuckten. Ja, so war das, vor Tausenden von Jahren verdoppelte sich Wissen in Jahren, im 18. Jahrhundert waren es wohl alle 15 Jahre, in der Zeit von Jeffs Großvater waren es schon nur noch 9 Monate. Jeff und Lisa erwarteten ein Kind und ein Arzt stellte bereits einen größeren Kopf fest. Auch Jeffs Kopf war viel größer als der seines Vaters. Jeff und Lisa saßen nun am Kamin mit einem Glas Wein. „Kannst du dir vorstellen, Jeff, die neuen Computer erfassen unsere Gedanken und speichern sie. Alles Gesehene wird sofort verarbeitet", sagte Lisa und schaut auf den Kamin. Zärtlich streichelte Jeff Lisas Rücken und meinte: „Was gleich kommt möchte ich aber lieber nicht mit meinem Kollegen morgen teilen." Für diese schönen Stunden richteten sich die beiden ein kleines Paradies ein, schöne Musik, eine Filmbildwand mit dem Strand von Miami Beach. Auf der Filmbildwand sah man die Wellen, man hörte das Rauschen, auch der Wind war zu spüren, die neueste Generation versprühte sogar den Duft des

Meeres. Früher gab es Fototapeten, heute waren es die, mit viel Elektronik, Motoren und Minilüfter ausgestatteten, Filmbildwände.

Viele Jahre vergingen. Bei allen drei Kindern konnten Jeff und Lisa immer größere Köpfe feststellen. Es gab immer mehr Informationen. Die Technik der Teleportation wurde entwickelt. Der zu verarbeitende Stress wurde leider ebenfalls immer größer. „Lass' uns die Kinder in die richtigen Bahnen lenken, dann steuern wir auf einen Planeten zu, wo die Strände grenzenlos sind, wir das Meer riechen und hören, nicht wie jetzt nur aus dem Lautsprecher", schwärmte Lisa.

Die Zeit verging. Die Kinder waren aus dem Haus. Lisa und Jeff waren sogar schon Großeltern. Eines Tages kam Jeff mit einer Überraschung zu Lisa: „Ich habe zwei Teletransport-Karten zum Planeten Menochrome 3, ein weißer Sandstrand erwartet uns, Bäume mit Früchten, man nennt ihn den Planeten der Aussteiger. Wir sagen der stressigen Welt ‚Good bye!'." „Ja, Liebster, und dort treffen wir bestimmt die Sängerin Mink, das Dekolleté werde ich genau so tief tragen. Wen interessieren schon Supercomputer!", schwärmte Lisa und packte ihre Sachen. Einen Weg zurück wollten beide nicht mehr. Übrigens, Sängerin Mink sang jeden dritten Abend live in einer kleinen Bar. Das Dekolleté ist tief ausgeschnitten.

Sirius 12

Die Luft war erdrückend und schwül. Seit Wochen gab es keinen Regen. Die Trockenheit vernichtete Ernten und entwässerte viele Seen und Brunnen. Besonders die Farmer litten darunter, denn auch die Tiere vegetierten nur noch dahin, da das Wasser rationiert werden musste. Eigentlich stand Texas kurz vor der Vernichtung. Die kostbare Flüssigkeit reichte nur noch für einige Tage. Dann müssten die Menschen und Tiere über Transporte aus der Luft und den Lkws versorgt werden. Harry Sleet besaß eine kleine Farm im Norden von Texas. Ein paar Pferde und Schweine und ein kleiner Acker, auf dem er etwas Gemüsemais pflanzte, waren in seinem Besitz. Er ackerte Tag und Nacht, um die Tiere und das Land zu versorgen. Seine Frau war krank. Eigentlich war sie immer gesund, aber Mary Sleet fiel eines Tages in einen tiefen Schlaf, aus dem sie tagelang nicht erwachte. Danach war nichts mehr so wie es war. Mit ihren 40

Jahren war sie immer eine lebenslustige Frau. Harry war etwas jünger, aber die Arbeit auf der Farm und die Sorgen um seine Frau ließen ihn innerhalb von Wochen zu einem alten Mann werden. Mary Sleet konnte, nachdem sie aus dem tagelangen Schlaf erwachte, nicht mehr sprechen. Sie starrte nur noch vor sich hin und murmelte ab und zu ein paar unverständliche Worte, die sich etwa so anhörten: „Gnatnom Schotuum eflire som." „Was konnte sie nur meinen?", dachte Harry Sleet. Er wollte sich aber nicht lange damit beschäftigen, denn die Arbeit war ihm wichtiger. Die Hitze wurde immer unerträglicher und das Wasser wurde knapp, sehr knapp. Steve Hendrix war der Sheriff in der Gegend und fuhr ständig umher, um wieder verdurstete Menschen und Tiere von den Straßen holen zulassen. „Unglaublich was hier passiert", dachte er und versuchte mit der Zunge seine Lippen anzufeuchten. Doch plötzlich stand ein Mann vor ihm. Wie aus dem Nichts erschien er ihm. Groß, elegant gekleidet, eine perfekte Aussprache ohne

Akzent. Aber er hatte einen ganz eigenartigen Glanz in seinen Augen. Der Sheriff dachte sich aber weiter nichts und fragte ihn: „Was kann ich für Sie tun, Mister?" Der Mann schaute ihn mit seinen durchdringenden Blicken forschend an. Nun sprach er ruhig und gelassen: „Ich will mich hier auf diesem Planeten umschauen."
„Aber das tun sie doch gerade, mein Freund, oder irre ich mich da?"

Der Mann antwortete nicht sofort. Doch dann sprach er in einer dem Sheriff unbekannten Sprache: „Gnatnom, Schotuum, eflire som!" Er wurde wütend und schrie diese Worte quasi heraus. „Wir brauchen eure Ressourcen und euer Wasser für unsere Planeten. Siranus und Runos sind am gefährdetsten. Wir trocknen aus. Unsere Atmosphäre ist nicht mehr zum Atmen geeignet. Alle Lebewesen sterben aus. Und wenn wir sehen, wie ihr mit euren Ressourcen umgeht, könnten wir platzen vor Wut. Aber wir werden Schluss damit machen. Wie ihr schon gemerkt haben solltet, ziehen wir euch langsam den Sauerstoff ab und auch das Wasser zum Trinken." „Aber warum?", fragte der Sheriff. „Unschuldige Menschen werden sterben!" „Darauf können wir keine Rücksicht nehmen. Wir haben auch auf der Erde schon Verbündete, die uns regelmäßig mitteilen, was hier passiert." Steve Hendrix war verzweifelt. Wer sollte ihm glauben, was er gerade erlebte? Der feine Herr verschwand so schnell wie er gekommen war. Die Sonne brannte erbärmlich und der Durst zerrte am Verstand des Sheriffs. Auf dem Weg zurück schaute er bei Harry und Mary Sleet vorbei. Er klopfte an. „Hallo Harry?", sagte Steve völlig durch den Wind. „Wie geht es deiner Frau?" „Sie spricht immer noch nicht und wenn dann nur unverständliche Worte." Mary Sleet betrat das Zimmer und schaute den Sheriff mit durchdringendem Blick an. Sie sprach die Worte, die er zuvor von dieser Person auf der Landstraße zu hören bekam. „Gnatnom Schotuum eflire som." Übersetzt heißt es: „Seid auf der Hut, wir sind schon hier." Der

Polizist sagte nichts mehr, sondern setzte sich, wurde kreidebleich und verlangte einen Schluck Wasser, den er mit Müh und Not bekam. Das Wasser der Brunnen war fast versiegt und die Tiere starben eines nach dem anderen. Tote lagen auf den Straßen und das Elend war nicht mehr aufzuhalten. „Diese Worte", sagte der Sheriff, „habe ich heute schon gehört, von einem großen Menschen, der sehr elegant gekleidet war. Er sprach unsere Sprache und fügte diese Worte, genau diese Worte, hinzu. Er drohte mir. Er sagte, dass der Sauerstoff langsam der Erde entzogen wird und das Wasser zu zwei Planeten transportiert wird, auf dem es langsam aber sicher keinen Sauerstoff und keine Möglichkeit mehr gibt zu überleben. Mary Sleet konnte plötzlich wieder sprechen, aber es war nicht ihre Stimme: „Wenn ihr schlau seid, kommt mit. Kommt auf unseren Planeten, gebt uns die Chance mit eurem Wasser und dem Sauerstoff wieder Leben aufzubauen. Bitte kommt. Unser Raumschiff steht in drei Tagen über Texas und ihr habt

die Möglichkeit, mit uns zusammen etwas zu verändern. Eure Welt existiert bald nicht mehr und die Menschen sind dumm und selbstsüchtig. Sie haben alles zerstört."
Harry, Steve und Mary, aber auch viele andere Menschen, die bis zum Eintreffen des Raumschiffs überzeugt werden konnten, hatten sich zusammengetan, um den Planeten zu verlassen. Als das Raumschiff eintraf und über Texas stand, wurden diese Leute hinein geholt und reisten innerhalb kürzester Zeit zu einer fernen Welt. Denn irgendwann würde es nicht mehr möglich sein, die Erde zu verlassen. Wir werden verlieren. Der Mensch wird lernen müssen, dass Sauerstoff, Wasser und Nahrung ein Geschenk sind, mit dem er sorgsamer umgehen muss, damit unser Globus nicht in der unendlichen Dunkelheit des Universums verschwindet.

Hoka Hey

Der Truck, vollbeladen mit Benzin, raste direkt auf die Tankstelle zu. Der Highway war abschüssig. Hinter der Tankstelle ging es bergauf. Ob die Bremsen versagten, der Fahrer einen Fehler machte, es ist nicht bekannt. Das über 20 Meter lange Gefährt schleuderte und drehte sich. Der Wüstensand wirbelte auf. Niemand ahnte etwas in der Tankstelle. Jennys sechsten Geburtstag wollte man feiern. Dann krachte es. Der Truck schob die Zapfsäulen wie Spielzeug zur Seite. Benzinfontänen schossen durch die Luft. Zur Seite gekippt lag das Ungetüm vor der kompletten Tankstelle. Die 32 Grad im Schatten, die Benzindämpfe, das auslaufende Benzin, alles das ließ nichts Gutes für die 12 eingeschlossenen Menschen erwarten. Gut, dass ein Kurzschluss in der Außenbeleuchtung, mit der Aufschrift "Hoka Hey Driver", den Strom abgestellt hat. Sonst wäre es schon zur Explosion gekommen. Die Tankstelle ist schon seit

Generationen im Besitz der Familie Hatah.
Es ist ein indianischer Name. Hoka Hey hieß
der Großvater oder der Urgroßvater. Das
Aufschreien der Kinder, der Schock der
Erwachsenen, legte sich langsam. Leider gab
es nur nach vorne Fenster und Türen. Das
lag daran, dass zur Rückseite die
Sandstürme den Sand immer auftürmten.
Nun lag der Truck vor Fenster und Türen.

Die Kinder mussten sich flach auf den
Boden legen, um nicht so viel Dämpfe
einzuatmen. Alle Erwachsenen gruben ein
Loch, um auf die andere Seite fliehen zu
können. Fliehen vor einer riesigen und
tödlichen Explosion. Es war nur eine Frage
der Zeit. Sie gruben unaufhörlich und in der
Tankstelle, türmte sich ein Sandberg. Eine
feste Platte stoppte ihr Bestreben, in die
Freiheit zu gelangen. Sie klopften die Platte
ab. Kein Holz, kein Metall, kein Stein. Etwas
Leichtes und dumpfes. War es die Rettung
oder mussten sie aufgeben? Da war ein
eigenartiger Riegel, nicht zum Ziehen, nicht
zum Drehen. Er bewegte sich nach innen.

Langsam, etwas knirschend vom Sand,
öffnete sich die Tür. Es war eine Luke.
Frischer Sauerstoff kam ihnen entgegen.
Jennys Vater, stieg zuerst ein, dann die
Kinder und jetzt alle anderen Erwachsenen.
Das Kleid von Jennys Mutter blieb an einem
inneren Hebel hängen. Die Luke schloss sich
wieder. Es war hell in dem Raum.
Woher kommt das Licht? Weitere Türen
öffneten sich. Technische Geräte
vermischten sich mit indianischen
Werkzeugen. Ein durchsichtiger Sarg war zu
sehen. Es lag ein Mensch darin, ein
Indianer. Was sollten sie nur tun? Diese
Knöpfe, diese Beschriftungen, dieses Licht.
Alle haben so etwas noch nie gesehen, wohl
aus Science- Fiction-Filmen. Sollte es etwa
ein Ufo sein? In diesem Augenblick gab es
eine riesige Explosion. Der Truck
explodierte. Selbst wenn sie frei und schnell
gewesen wären, wie hätten sie es schaffen
können? Nach dem Feuer wachten alle
unbeschadet in der Wüste auf. Sie konnten
sich an nichts mehr erinnern. Ein weiterer

Mann war bei ihnen. War es ein Durchreisender? Oder der Truckfahrer?

Niemand wusste es. Auf seiner Halskette waren in indianischer Schrift die Symbole: „Hoka Hey", übersetzt: „Pass' auf"

Terror – Das war dann doch zu viel

Die Weltmächte waren sich mal wieder nicht einig. Soll es mehr Atomkraft geben oder weniger? Soll es mehr Raketen geben oder weniger? Wie groß muss eine Streitkraft sein? Wer hat Anspruch auf die Seltenen Erden? Wo verlaufen die Grenzen? Man könnte dies noch unendlich weiter aufzählen, unendlich diskutieren, streiten und Muskeln spielen lassen. Im Jahr 2067 gab es nicht etwa den so lange erhofften Weltfrieden, im Gegenteil, alles wurde dramatischer. Die Kluft zwischen Arm und Reich wurde immer größer. Geld für die Erforschung des Weltraums gab es schon lange nicht mehr. Geld für Hungersnöte schon gar nicht. Demonstrationen gegen den Welthunger, gegen Waffen, gegen das Töten der Wale, alles das gab es. Es brachte aber nichts. Eine, dem Namen nach, fröhliche Gruppe, formierte sich, TITU genannt. Sie warben erst Mitglieder, sie wollten Gerechtigkeit auf der Erde. 2069 gab es in jedem Land diese Gruppe, kamen sogar als Partei in den Bundestag, zogen in den Kongress der Vereinigten Staaten ein, sie waren überall vertreten. Milliarden an Geldern sammelten. Dann begann die Gruppe oder Partei oder was auch immer, Waffen zu kaufen. Wieder warben sie damit, dass es dem Weltfrieden diene. Das Töten von Elefanten und anderen Tieren sollte unterbunden werden. Nur, wozu brauchten sie Raketen? Wozu heuerten sie Wissenschaftler an? Waren sie etwa schon im Besitz von Uran? Viele Menschen wurden plötzlich nachdenklich. Wer steckt eigentlich hinter TITU? Was bedeutet TITU? Die Weltmächte waren so sehr mit dem Machtgehabe auf der Erde beschäftigt, dass sie wie Fliegen umherflogen und nichts mehr unternehmen konnten, als es am 1. Januar 2071 zum Super-GAU kam. Die TITU waren überall auf der Welt aktiv. Sie legten das Internet lahm. Sie sabotierten die Stromversorgungen. Bomben explodierten in unzähligen Städten auf dieser Welt. Die Anführer der Weltmächte wurden gekidnappt. Die TITU forderte die totale

Kapitulation. Die TITU wollten die Erde überall gleichmachen. Keine Grenzen, keine Macht den Ländern, kein Reichtum, ja, sie wollten auch alle Weltkulturerbestätte dem Boden gleichmachen. Nichts sollte an vergangene Kulturen, Länder und Mächte erinnern, einfach nichts. Ab heute sollte die Zeitrechnung der TITU gelten. Jetzt kamen auch die Anführer zu Wort. In allen Sprachen, in alle Länder gesendet, sprachen sie: „Wir sind TITU, die Weltherrschaft TERROR IN THE UNIVERSE! Es wird ab jetzt nur noch uns geben. Wer sich widersetzt, wird bestraft. Wer Gegenwehr leistet, wird sofort getötet. Wir sind überall."
Gehirnwäsche war das Zauberwort. Damit machten sie alle gefügig. TITU begann mit der Vernichtung der Pyramiden. Raketen wurden mit Atomsprengkörpern bestückt und zur Abschussrampe transportiert. Man weiß nicht, wie viele Menschen bereits ihr Leben verloren haben. Man weiß nicht, ob der Nachbar ein TITU-Anhänger ist. Man weiß nichts. Die Rakete war startklar. Weitere wurden von vielen versteckten

Basen auf der Erde mit Atomsprengköpfen bestückt.

Die Ziele wurden rund um die Welt strategisch ausgewählt. Unter anderem auf die Maya-Kultur, auf Griechenland, auf buddhistische Tempel und weitere Denkmäler. Der Countdown begann, drei zwei, eins und ... und da waren sie da, plötzlich, und wie aus dem Nichts! Riesige Raumschiffe bezogen rund um die Erde Stellung. Ein Netz in der Stratosphäre wurde gespannt. Es bestand aus Laserstrahlen, die abgelenkt werden konnten. Wo auch immer auf der Erde eine Rakete startete, der Laserstrahl erwischte sie und löschte sie aus. Die Laserstrahlen zogen ihr Netz immer feiner.

TITU-Anhänger wollten gerade auf eine demonstrierende Menschenmenge mit ihren Maschinengewehren feuern, der Laserstrahl löschte sie aus. Der Himmel wurde zuerst dunkel, denn die Raumschiffe verdeckten die Sonne. Dann wurde der Himmel rot, durch das immer feinere Netz der Laserstrahlen. Dann folgte die Botschaft: „Denkt positiv, habt reine Gedanken, schaltet Logik und Gefühl ein. All das negative Denken wird nun vernichtet." Die gesamte Erde erleuchtete nun in strahlendem Rot. Alle TITU-Anhänger, alle Waffen und Raketen, waren in Sekundenschnelle verschwunden. Alle Staatsoberhäupter wurden befreit und schwören nun einen Weltfrieden. Ehe alle richtig realisieren konnten was passiert war, waren die Raumschiffe wieder verschwunden. Es war im Januar 2071, bei einigen war es Sommer, bei anderen herrschte Winter, der blaue Himmel strahlte aber an diesem Tag überall wieder.

Verloren im Universum

Die Menschheit gab es schon lange nicht mehr. 80 Milliarden Jahre nach Erdenzeit ist es im Universum dunkel geworden. Die Schwarzen Löcher innerhalb der Galaxien haben so gut wie alle Sterne und Planeten geschluckt. Vereinzelt sah man noch hier oder dort etwas leuchten. Der Raum zwischen den ehemaligen Galaxien ist unendlich weit und unendlich leer geworden. Bald würden die Schwarzen Löcher keine Nahrung mehr haben. Da sie so weit voneinander entfernt waren, konnten sie sich nicht gegenseitig beeinflussen, sie würden einfach nur verhungern und sich auflösen. Von Beginn des Urknalls an hat sich das Universum um den Faktor eine Quadrillion vergrößert. Um die Menschheit zu retten, baute man ein Raumschiff, noch bevor die große Katastrophe eintrat. Ein Himmelskörper raste auf die Erde zu, er war nur minimal kleiner als der Mond. Alle Weltmächte taten sich zusammen, aber es gab keine erfolgreichen Gegenmaßnahmen. Nun gab es verschiedene Meinungen der Wissenschaftler. Einige glaubten, dass der Geist weiterhin existieren würde, dann ließ man geschehen, was geschah. Andere glaubten an eine Parallelwelt und gingen davon aus, dass es mit ihnen dort sowieso weiterginge. Wieder andere glaubten an die Einmaligkeit des Menschen und seines Seins, sie wollten im Universum ein neues Zuhause suchen. Die letzten Jahre auf der Erde vergingen also entweder im völligen Chaos oder aber an anderer Stelle, in ruhiger Erwartung.

8 Monate, 7 Tage und 11 Stunden vor dem Einschlag auf die Erde, startete das Raumschiff EARTHLING 2666. Das Raumschiff wurde angetrieben von der Dunklen Energie, die zog das Raumschiff immer schneller an den Rand des Universums. Um die Kältekammern mit Energie zu versorgen, griff man einfach in den Weltraum und sammelte Dunkle Materie ein, davon war ja genug

vorhanden. Während des Kälteschlafs benötigte die Mannschaft keine Nahrung, danach standen Nahrungsersatzstoffe zu Verfügung, nicht schmackhaft, aber man konnte davon leben. Die Mannschaft auf der EARTHLING 2666 beschloss, die Vernichtung der Erde nicht miterleben zu wollen. Bereits kurz nach dem Start gingen alle in den Tiefschlaf. Von der Erde aus wurde die Reise des Raumschiffs die letzten acht Monate überwacht, bevor der Einschlag die Erde völlig zerstörte. Die Reisegeschwindigkeit begann durch die Dunkle Energie langsam und steigerte sich dann auf Lichtgeschwindigkeit. Die Wissenschaftler berechneten ein Aufwachen aus dem Kälteschlaf nach etwa zwanzig Jahren. Dabei machten sie allerdings den Fehler, dass, wenn das Raumschiff mit Lichtgeschwindigkeit auf einen Himmelskörper zuflog, immer wieder bis auf wenige Stundenkilometer abgebremst wurde und es das Objekt umfliegen musste. Und danach, wenn der

Weg frei war, es erst wieder auf Lichtgeschwindigkeit ansteigen konnte.

Das Universum dehnte sich immer schneller aus. Viele Sterne und Galaxien stießen zusammen, aber alles wurde nach außen gezogen. Das im Raumschiff verbaute Antigravitations-Modul arbeitete zwar einwandfrei, doch glaubte man, dass es auch bei Lichtgeschwindigkeit Berechnungen durchführen konnte. Das war ein Irrtum und so bremste das Notlauf-Modul immer die Geschwindigkeit ab. Das alles ist nicht weiter tragisch, aber statt der zwanzig Jahre Kälteschlaf war das Raumschiff nun fast 67 Milliarden Jahre unterwegs. Das Raumschiff schaffte es knapp bis an die Außengrenze des Universums. Es flog auf ein Nichts zu. Zurückgeschaut sah man nur noch wenige leuchtende Objekte. Die Mannschaft wachte irgendwann auf, nach der Berechnung des Computers zur genau eingestellten Zeit nach zwanzig Jahren, von den eigentlichen 67 Milliarden Jahren

wussten die Besatzungsmitglieder nichts.
Alle waren wie geschockt. Niemand hatte
eine Erklärung. Und dann ging alles sehr
schnell. Die letzte Materie wurde von den
Schwarzen Löchern aufgesaugt. Sie selbst
lösten sich in Nichts auf. Dann gab es keine
Materie mehr im Universum, keine Zeit, nur
noch das Nichts, eine Leere. Und wer meint,
in diese Leere, ins Schwarze zu schauen, das
wäre das Nichts, der irrt. Die Besatzung
stand wie versteinert vor dem geöffneten
Plasmafenster und sah das absolute Nichts
auf sich zu kommen. Das Universum wurde
von innen nach außen aufgelöst. Immer
näher kam dieses absolute Nichts. Dann traf
es auf das Raumschiff und den
übriggebliebenen Rest des Universums. Nun
gab es nichts mehr, nichts erinnerte noch
an Zeit, Materie, Raum, spielende Kinder.
„Hallo, wir sind hier! Seid gegrüßt!", sagte
eine Stimme. Die Raumschiff-Crew wurde
von strahlenden Wesen begrüßt. „Wartet,
wir zeigen uns, wie wir waren, wie ihr uns
kennt!" Alle existierten, alle Freunde, alle
Familienmitglieder, auch die letzten

Wissenschaftler bei der Verabschiedung vor dem großen Flug. „Ja, wir überlebten. Der Himmelskörper kam auf uns zugeschossen. Es wurde heiß. Uns wurde schwarz vor Augen und im gleichen Augenblick befanden wir uns in einem Paralleluniversum. Alle Wissenschaftler hatten damals Recht. Der Mensch als Lebewesen war in seiner Form einmalig, natürlich gab es im Universum verschiedenartiges Leben. Auch die hatten Recht, die gesagt haben, dass der Geist immer existiert. Und auch die, die an Parallelwelten geglaubt haben. Und nun warten wir alle auf einen neuen Urknall."

Das Auge

Woran denken Sie, wenn Sie sich im Badezimmer die Hände waschen? Nach der Rasur die Barthaare wegspülen? Den Zahnbecher mit Wasser füllen? Nichts? Oder: Komme ich zu spät zur Arbeit? Auf keinen Fall, dass Sie beobachtet werden, schließlich lässt sich die Badezimmertür absperren! Nun, genau dies dachte sich wohl auch Angela McCorby, oder auch nicht! Was ist geschehen? Durch einen Defekt, keiner weiß, wie es passieren konnte, ist Abwasser in die Frischwasserzufuhr des Hauses an der Lincoln Street 55 eingedrungen. Lediglich stellte man bislang fest, dass Abwasser der naheliegenden Industrie-Unternehmen in den Garten der McCorby's gelang. Wie jeden Morgen war Angela die letzte im Haus. Noch schnell die Küche aufgeräumt, die drei Kids hinterließen wieder eine Großbaustelle, nun noch das Badezimmer gereinigt, danach ging es ab ins Büro. Der Ablauf fand auch wie immer so statt. Nur, was glitzerte dort im Siphon des Waschbeckens im Badezimmer? Hat ihre Tochter Diana etwa einen Ohrring verloren? Angela schaute sich das glitzernde Etwas genauer an. Immer näher und näher schaute sie in das Waschbecken. Plötzlich sprang ihr etwas ins Auge, es war wohl ein Wassertropfen. Alles schien okay... nun ab ins Büro. Tage später bemerkte Angela, dass sich ihr Augenlicht auf dem rechten Auge verschlechterte. Auch eine Verfärbung und Verdickung stellte sie fest. Zunächst bekämpfte Angela das Übel mit Augentropfen. In der Nacht hatte Angela schlimme Albträume, ihr Ehemann Stan weckte sie oft. Morgens konnte sich Angela an alle Vorkommnisse im Traum erinnern. Eigenartiger Weise sah sie immer Leichen vor ihrem sogenannten dritten Auge. Auch am Tag, und in der Nacht sogar Gesichter.

„Da reicht nun nicht mehr ein Augenarzt!", flachste Stan. „Da musst du wohl zum ...!"
„Sprich nicht weiter!", stoppte ihn Angela. Mit den Tagen veränderte sich Angela. Sie

trug nun eine dunkle Sonnenbrille, sie
verhielt sich auch sehr zurückgezogen. Nun
reichte sie auch noch unbezahlten Urlaub
ein. Die Hausarbeit erledigte Angela nur
noch mit Widerwillen. Als ihr auch noch
mehr Haare ausfielen, quartierte sie sich im
Gästezimmer ein. Die Tage vergingen. Die
Kinder wurden vom Vater versorgt, Angela
kam nicht mehr aus dem Zimmer, sie
schloss sich ein. Die Familie sorgte sich sehr,
auch Dr. Miller, Hausarzt der Familie, wurde
nicht von Angela empfangen. Eines Nachts
machte sich Stan daran, mit einem Draht
den Schlüssel der Tür auf den Fußboden
fallen zu lassen. Vorher schob er ein Blatt
der Tageszeitung unter die Tür durch. Es
klappte, der Schlüssel fiel auf das Blatt,
langsam zog Stan nun das Blatt mit dem
Schlüssel zu sich. Vorsichtig und leise
öffnete er die Tür. Nun schlich er zum
Gästebett, Angela schlief fest, sie stöhnte.
Sie trug eine Augenklappe, ihr Gesicht war
geschwollen. Vor dem Bett lagen ihre
wunderschönen Haare, alle waren
ausgefallen. Stan erschrak, er nahm die

Augenklappe von Angelas Kopf ab und schaltete die Nachttischlampe ein. Eine Todesangst hatte Stan, als er die verschrumpelte Gesichtshälfte mit den Narben und Pocken sah. Angela schlief weiter, stöhnte dabei, aber ein Auge schaute Stan an, es war ein grauenhafter Anblick, das war kein Auge, es war ein ganzer Organismus mit Augen und Mund. „Bezahlen werdet ihr alle dafür, bezahlen!", quietschte es aus dem verunstalteten Mund. Stan rannte aus dem Haus und übergab sich. Sofort rief er den Sheriff. Das FBI schaltete sich ein. Die ganze Familie und das ganze Anwesen wurden unter Quarantäne gestellt. Ja, nun sind sechs Monate vergangen. Angelas schönes Gesicht konnte nicht gerettet werden, die plastische Chirurgie tat aber ihr bestes. Aber sie lebt und die Familie wohnt nun in Canada.

Sie fragen nach der Ursache des ganzen? Eine der Firmen arbeitete mit hochgradigen Säuren. Sicherheitsvorschriften wurden nicht eingehalten. Arbeiter, die in Säurebecken fielen, wurden im Erdreich entsorgt. Arbeiter, die sich verätzten, wurden umgebracht. Auf dem Betriebsgelände wurden 186 Leichen gefunden, 34 Jahre gab es diesen Betrieb, wer weiß, was noch alles ans Tageslicht kommen würde. Der Besitzer stürzte sich am Tag der Durchsuchung in eines der riesigen Säurebecken.

Das Unheil kam aus dem Labor

Ich war ein junges Mädchen und lebte mit meinen Eltern in einem Vorort von New York. Brooklyn war meine Heimat. Ich fühlte mich wohl dort, hatte meine Freunde und ging hier zur Schule. Dieser Stadtteil ist nicht gerade der Ort, auf den man besonders stolz sein könnte. Arbeitslosigkeit und Kriminalität dominierten das Straßenbild. Nachdem ich mein Studium in Boston begann, blieb kaum noch Zeit, mich um meine Eltern zu kümmern. Sie wollten unbedingt in Brooklyn alt werden und waren nicht zu bewegen, in eine andere Stadt zu ziehen. Während der Semesterferien besuchte ich meine Eltern Jeff und Mary Watson oft. Mein Name ist Linda. Geheiratet habe ich nie und heute denke ich, es war wohl besser so. Ich habe immer schon die Turbulenzen in meinem Leben geliebt und glaube, dass dies wohl niemand mit mir geteilt hätte. Meine Doktorarbeit schrieb ich mit links. In einem wissenschaftlichen

Institut für Meeresbiologie war ich kurz darauf angestellt und konnte frei entscheiden, was zu tun war. Mit der Untersuchung von seltenen Meeresgeschöpfen begann meine Arbeit. Weder ich, noch meine Kollegen, konnten damals ahnen, was uns noch erwartete. Die Arbeit machte mir große Freude, jedoch habe ich mir geschworen, nie mehr einen Fisch zu untersuchen. Zu groß wäre die Angst, wieder böse überrascht zu werden. Nun ja, an diesem Morgen dachte noch niemand an etwas Negatives. Ein Fisch musste in alle Einzelteile zerlegt werden. In einer speziellen Lösung mussten grundlegende Zusammensetzungen der Haut und der Eiweißstoffe erforscht werden. Das Blut wurde untersucht und alles wurde gründlich analysiert. Dieses Tier war unbekannt. Es kam aus einer unglaublichen Tiefe im Ozean, die zuvor noch nie mit einem U-Boot erreicht werden konnte. Erst zu diesem Zeitpunkt war es möglich, solch eine Tiefe mit einem speziellen Gefährt zu erreichen. Das Maul des Fisches hatte eigenartige Zahnreihen, die an ein menschliches Gebiss erinnerten. Seine Augen ähnelten einem alten Mann, der sehr müde war. Wenn ich nicht genau gewusst hätte, dass dieser Fisch tot war, hätte ich denken können, dass er mich jeden Moment anspringt. Nach einigen Untersuchungen stellte sich heraus, dass das Blut des Tieres ähnlich zusammengesetzt war wie das unsere. Doch einige Stoffe waren sehr ungewöhnlich. Um dies zu untersuchen, brauchte ich Zeit. Diese Zeit hatte ich leider nicht. Plötzlich rollte dieses Tier mit den Augen hin und her, als wenn es uns beobachten würde. Das tat er auch. Der Fisch bewegte das Maul, als wenn er reden wollte. Er fing wie wild zu zappeln an. Das Rollen der Augen und die Bewegungen des Maules deuteten darauf hin, dass er uns etwas mitteilen wollte. Es war wie in einem Horrorfilm. Wir bekamen es alle mit der Angst zu tun und standen da wie angewurzelt. Die Stimme versagte uns. Schnell wollten wir diesen Spuk beenden. Doch ehe wir noch an etwas anderes denken konnten, platzte dieser Fisch komplett auf. Alle Eingeweide fielen heraus, aber auch ein Ei, das einem Hühnerei ähnelte. Der Horror nahm kein Ende, im Gegenteil. Das Telefon klingelte und meine Mutter Mary rief fast ungehalten vor Aufregung in den Hörer: „Linda, Linda! Vater hat ..." Sie sprach nicht weiter. „Bitte rede weiter!", sagte ich zu ihr. „Was ist mit Dad?" Sie sprach weiter: „Er brachte heute einen Fisch vom Angeln mit nach Hause." Sie redete wieder nicht weiter. „Ma, was ist los?" „Dieser Fisch sah ungewöhnlich aus, ja gruselig. Er hatte menschliche Züge." „Und weiter, Ma?" „Ja, das war nicht das Schlimmste. plötzlich zappelte er wie wild herum, obwohl er tot war. Und sein Körper platzte auf. Ein Ei, so groß wie ein Hühnerei rollte heraus. Mich schüttelt es!", sagte meine Mutter. Ich sagte ihr, dass sie nichts anrühren sollte. „Lasst alles so liegen, bis ich euch jemanden vom Tierschutz geschickt habe", sagte ich ihr eindringlich. „Und schließ den Raum gut ab, in dem dieses Untier liegt." „Ich will es so machen,

Linda, ich habe furchtbare Angst." „Wir auch", sagte ich mit einer beruhigenden Stimme, zu der ich mich zwingen musste. „Hier im Institut ist der Horror ausgebrochen", sagte ich ihr. „Linda wir haben panische Angst!", sagte meine Mutter. Ich versuchte sie zu beruhigen und empfahl ihr, das Zimmer abzuschließen, in dem sich der Fisch und das Ei befanden. Vorsichtig legte ich mit meinen Kollegen das makaber anmutende Ei in den Brutschrank. Der Fisch, obwohl er aufgeschnitten war, lebte immer noch. Aus seinem menschenähnlichen Maul kamen komische Laute. Er sagte: „Mein Auftrag ist erledigt. Niedergang der Menschheit." Sämtlichen Angestellten des Institutes stockte der Atem. Wir konnten und wollten nicht wahrhaben, was wir da hörten. Was war hier los? War es Realität oder Traum? Bei meinen Eltern in Brooklyn sah es schlecht aus. Plötzlich brach ein Stück der Schale aus dem Ei. Auch im Brutkasten des Instituts tat sich etwas Furchterregendes. Statt einer Feder oder einem Schnabel, wie man vermutet hätte, kam ein winziger Finger zum Vorschein. Keiner wagte sich zu bewegen und das Entsetzen konnte man in den Augen der Leute beobachten. Abermals wiederholte der Fisch das, was er vorher gesagt hatte. Schweigend schauten sich alle an. Das Ei im Brutkasten platzte wieder ein Stück auf. Und wir sahen den Teil einer menschlichen Schulter. Die Haut war gelb und verschrumpelt. Zotteliges Haar bedeckte die Haut. „Wir müssen etwas unternehmen!", rief Jack sofort. Er war meine rechte Hand im Institut. Wieder brach ein Stück Schale heraus. Ein ausgewachsener Mensch, wenn man das überhaupt so sagen konnte, kletterte heraus. Der Horror nahm kein Ende. Erneut rief meine Mutter an. Das Wesen, das aus diesem Ei kletterte verwandelte sich innerhalb von Minuten in ein Monster von über zwei Metern. Es schrie wild: „Ich werde euch auslöschen. Ihr seid schon immer für unseren Planeten Andromega eine Bedrohung gewesen. Jetzt reicht es. Der Fisch war unser einziges

Transportmittel, da wir aus den Tiefen der Ozeane kommen. Unsere Galaxie ist einzigartig. Nur durch die Meere können wir hier her kommen. Da Andromega unendlich weit von der Erde entfernt ist, haben selbst wir noch keine andere Möglichkeit gefunden zu euch zu kommen. Euren Müll schießt ihr ins All und alles landet auf Andromega. Wir ersticken daran. Wir hatten eine wunderbare Vegetation, die sich nun nicht mehr entfalten kann. Unsere Atmosphäre war rein. Die Luft konnte man atmen. Jetzt hängt ein ewiger Schleier über unserem Planeten. Was seid ihr nur für ein elendes Volk. Voller Gleichgültigkeit und Herrschsucht. Dachtet ihr denn, dass ihr auf Dauer so weiter machen könnt? Jetzt bin ich hier und werde diesen Planeten in Augenschein nehmen. Wir wollen hier leben, da es auf Andromega nicht mehr möglich ist. Nur eines stört gewaltig und das seid ihr, Menschenvolk. Ihr habt uns Schlimmes angetan und dafür müsst ihr bezahlen." Meine Mutter hatte den Hörer danebengelegt, sodass ich alles mit anhören konnte. Mir wurde schlecht. Meine Sinne schwanden und mir fiel es verdammt schwer mich zu konzentrieren. Wir mussten nun schnell handeln bevor es zu spät war. Denn: Wie viele Eier sind schon auf diese Weise hier her gekommen? Wir konnten es nur ahnen. Auch im Institut spitzte sich die Situation dramatisch zu. Das Ei sprang weiter auf. Eine ekelige Gestalt kletterte heraus, die sich auch hier in Windeseile in ein zwei Meter großes Monstrum verwandelte. Jack konnte noch ungesehen in den Nebenraum verschwinden, um Hilfe zu rufen. Er rief den Präsidenten an, der anfänglich nicht glauben konnte, was er da hörte. Aber er veranlasste alles. „Bitte versucht in der Zeit diese Kreatur hinzuhalten", sagte der Präsident. „Wir werden so schnell wie möglich da sein. Das Militäraufgebot ist schließlich riesig und nicht in Kürze zusammen zu ordern." Jack ging zurück ins Labor und gab uns ein Zeichen, sodass wir wussten, dass Hilfe kam. Da der Hörer in Brooklyn immer noch neben dem Apparat lag, konnte ich hören, was dort passierte. Meine Eltern schrien laut und verzweifelt und ich konnte nichts machen. Auch dort war Hilfe im Anmarsch. Meine Mutter weinte und rief immer den Namen meines Vaters. „Bitte lass uns zu Frieden!", rief sie. „Wir können doch nichts dazu." Doch diese grausame Kreatur schleuderte meinen Vater vor die Wand, sodass er sofort tot war. „Jeff, Jeff!", rief sie. Er gab keine Antwort mehr. Ein Grummeln und Grunzen war zu hören und ich betete, dass er meine Mutter leben lassen würde. Im Labor baute sich das Monster vor den Mitarbeitern auf und sagte: „Nun ist es endlich soweit. Ich werde meinen Auftrag erfüllen und schauen, ob wir hier wohnen können. Alle Bewohner aus Andromega sind auf dem gleichen Weg unterwegs. Ihr werdet ausgerottet werden, denn dafür habt ihr uns zu viel angetan. Da wir alle diese Größe haben, könnt ihr nicht viel gegen uns ausrichten." Es grunzte und der Sabber lief ihm aus dem Maul. „Ha, ha", sagte es. „Das wird euch nichts nutzen." Es nahm zwei meiner Kollegen, schleuderte sie herum und schlug sie vor die Wand, sodass sie sofort tot waren. Blut tropfte an den Wänden herunter. „Linda, Linda!", hörte ich laut durch den Hörer. Plötzlich ein Aufschrei. Auch meiner Mutter konnte nicht mehr geholfen werden. Leider war in diesem Moment an Trauer nicht zu denken, denn ich musste aus der schlimmen Situation herauskommen. Nur wie? Ich sprach das Untier an: „Ich will dir einen Vorschlag machen, bitte hör mir nur einen Augenblick zu." Mir zitterte die Stimme, doch es durfte nicht merken wie schlecht es mir ging. „Wir wollen alles wieder gutmachen, was wir euch angetan haben. Wir werden euren Planeten wieder bewohnbar machen", sagte ich mit zitternder Stimme. „Aber wie wollt ihr uns erreichen?", fragte das Wesen. „Die NASA hat geheime Informationen darüber, wie man auch sehr weit entfernte Planeten erreichen kann. Lichtgeschwindigkeit ist schon kein Thema mehr. Informationen wird der Präsident mitbringen." „Ich werde mir anhören was er zu sagen hat", sagte das

Wesen. Einige Minuten später wurde das Institut umstellt und die Tür zum Labor aufgerissen. Soldaten mit schweren Maschinenpistolen feuerten von allen Seiten auf das Ungeheuer. Es fiel nicht um, sondern löste sich in Nichts auf. „War das alles nur ein Traum?", fragte ich. „Nein!", antwortete Bob, ein Kollege, der gerade seinen Dr. in Biologie gemacht hatte. „Leider haben wir die Realität erlebt. Nur wissen wir nicht, wie viele von diesen scheußlichen Gestalten schon unter uns sind." Überall in den Staaten wurde der Notstand ausgerufen, die Menschen sollten bei dem kleinsten Verdacht den Präsidenten und das Militär benachrichtigen. Meine Eltern hatte ich verloren, das konnte ich nicht mehr rückgängig machen. Aber ich hatte eines verstanden. Wir Menschen müssten endlich begreifen, dass wir nicht einzigartig sind, dass wir mit dem, was wir haben, nicht sorglos umgehen könnten. Und wer weiß, wie lange es noch dauern würde, bis wir selbst uns einen anderen Planeten suchen müssten, damit die wir weiter existieren könnten. Halten wir den Weltraum sauber und lernen wir endlich Zurückhaltung und Demut für das, was uns geschenkt wurde.

Unsere Kinderbücher:

Das Schweinchen Klecks
und andere Kindergeschichten

ISBN 978-3-95744-286-4

Fitus, der Sylter
Strandkobold

ISBN 978-3-95744-758-6

Fitus, der Sylter
Strandkobold
Gute-Nacht-Geschichten

ISBN 978-3-73922-001-7

UNsere Notizbücher

UNSer Tagebuch, TeLeFONbuCH uNd GeburtstagsKaLeNder

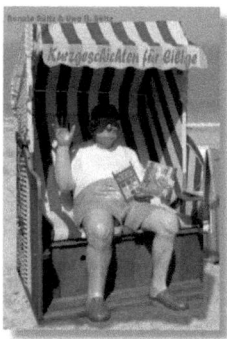

KurzgeSCHiCHteN Für EiLige